名流詩叢 28

加勒比海詩選
Anthology of Caribbean Poetry

學校座落在海邊懸崖
賈克梅爾海灣是其廣闊蔚藍鄰居
在加勒比海課堂上
到處提供我們靈氣保護
天空和海浪的靛藍美景
海湧渲染性光輝
牽連法語富有魅力的神祕

李魁賢 (Lee Kuei-shien) ◎編譯

譯序：加勒比海詩情

李魁賢

　　加勒比海群島充滿想像，藍海青天，綠樹繁花，風光明媚，人民熱情謙虛，卻常受到不測風雨襲擊。加勒比海地區位於西半球熱帶大西洋海域，人文、氣候與自然環境，竟與台灣頗相彷彿。

　　加勒比海國家包括：安地卡及巴布達、巴哈馬、巴貝多、貝里斯、哥倫比亞、哥斯大黎加、古巴、多米尼克、多明尼加、薩爾瓦多、格瑞那達、瓜地馬拉、蓋亞那、海地、宏都拉斯、牙買加、墨西哥、尼加拉瓜、巴拿馬、聖克里斯多福及尼維斯、聖露西亞、聖文森及格瑞那丁、蘇利南、千里達及托巴哥、委內瑞拉等25國，另有14個地區。

　　雖然早在1974年即出版過拙譯《黑人詩選》，其中有部分是加勒比海詩人，但直到2014年參加古巴【島國詩篇】國際詩歌節，才比較積極去瞭解加勒比海地區的詩情，而後在國際詩歌節交流活動中，增加與加勒比海詩人接觸機會，因思有必要把陸續翻譯的加勒比海詩人作品整理出版，分享讀者。

　　本書只選進10國23位詩人，詩63首，所謂管中窺

豹，至少可看出一些端倪。從詩感受詩人所處社會生態，往往比純觀察政治事件，更能身歷其境，深入而透徹。詩之為用，令人見微知著，能近取譬，是很好的反射鑑照明鏡。

2017.11.03

目次

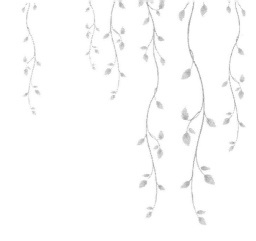

巴貝多 Barbados

卡茂·布拉斯韋特
Kamau Brathwaite

　　卡茂·布拉斯韋特（1930~），出生於橋鎮
（Bridgetown），1949年留學英國劍橋大學，在倫敦
共同發起加勒比海藝術運動，1955年起在迦納教育
部任職七年，1968年獲蘇塞克斯大學（University of
Sussex）哲學博士，後執教於哈佛大學，現任紐約大
學比較文學教授。1983年獲古根漢和佛爾布萊特學人
獎金，1994年獲德國諾伊斯塔特（Neustadt）國際文學
獎、布薩獎（Bussa Award）等，2011年獲美洲之家文
學評論獎。出版詩集14冊，2006年詩集《生為駑馬》
（Born to Slow Horses）獲加拿大格里芬（Griffin）國
際詩獎。

加利普索❶
Calypso

1.

石頭以弧形滑動並綻開成
島嶼：
古巴和聖多明哥
牙買加和波多黎各
格雷納達 · 瓜德洛普 · 博奈爾島

曲石耆然成為暗礁
浪齒釘根形成黏土
白沫飛濺如同噴霧
拔示巴 · 蒙特哥港

發弧❷熱情少年的花季……

2.

諸島嶼轟隆隆變成翠綠農耕殖民地
被銀光甘蔗統治
甜又有利潤
鐮刀利潤
島嶼被甘蔗統治

當然那時是美好的時代
有利潤善待勞工付高薪的時代
船長帶來米糧收據
許可證香料假髮
歌劇眼鏡大搖大擺的驢子
借主惡性豬玀

啊！那時是美好的時代
優雅宅心仁厚值得回味的時代……
年輕的裴夫人快速無情的罪行
在清晨四點鐘……

3.

可是黑人山姆怎麼搞的
張開大腳趾頭
鞋子黑亮的皮膚？

他提著滿桶的水
因為他媽剛剛又生了女娃

使用歐洲人名字的約翰呢
他上學念書夢想出名
老闆有一天叫他笨蛋
這位老闆根本沒念過書⋯⋯

4.

鐵鼓鐵鼓❸
敲擊熱烈的加利普索舞
熱酒熱酒，酒神節慶誰能阻擋得住？

我們觀看班卓琴
跳凌波舞
以魔眼栽培農作物

精神鬆散
採收珊瑚
父親不理鄰居吵架

或許當他們來啦
帶照相機，戴草帽：
來自北方的左傾觀光客

我們該好好照顧
那些白沙灘
若我們在那裡不穿馬褲

那就變成一場島舞
有些人做得很好
有些人罰得很糟

啊！老闆給阿翰袋子

我們懇求他

請帶他回來

所以這個孩子就在國外搞黑人意識群眾運動……

❶加勒比海的一種民歌，起源於千里達，
　通常以詼諧歌詞諷刺政治、社會事件。
❷「發弧」指陰陽兩電極間發光的電橋，
　亦稱電弧。
❸「鐵鼓」也是源自千里達和托貝哥的加
　勒比海獨特樂器，用鐵皮製成，原本是
　利用53加侖汽油桶的克難樂器，亦稱鐵
　盤，因為是體鳴樂器，不是膜鳴樂器，
　不算正統的鼓。

南方 ❶
South

但今天我奪回島嶼的
明亮海灘：藍霧從海洋
滾入到漁夫住家內。
我在這岸邊出生：海韻
臨窗，生命聲息在我體內
然後與動亂土地的力量同在。

自此我流浪：動身遠離海灘
寄寓多石城市，走過北方國土
在刺骨的斜飄風霜冰雹中，
越過無數缺鹽的熱帶大草原
來到這林間小屋，陰森森困擾我
唯一水源是雨，有河水的微溫味道。

我們生為海洋人不會在河裡尋求
慰籍：河水流動不息像我們的渴望，
指責我們缺乏努力和目標，
證明我們的奮鬥會敗在這裡。

可恨這種智慧、這種自由：通過我們
操勞、等著瞧他們的狡詐掉進海裡。

但今天我要加入你們，遊弋河流，
致力於你們最悠閒流動的歲月，
在平底船上，舊日痛苦會摧毀我們，
悲傷困住我們，仇恨清洗我們；
繼續前進通過平原接納我們，
在激昂中行軍，終於到達海。

銀波從礁岩濺起舒暢我們心情，
藍色貝殼精神飽滿在爬行
那裡是漁夫住家茅屋頂，
礫石鋪就的通道，瞧！
小頑童正在清理海灘，從他們
捕魚石滬抬頭向我們致敬：

他們還記得我們離開時的模樣。
漁夫在沙洲邊大聲吼叫
拍岸巨浪，在船上站起來
招呼我們：一隻海星躺在水坑內。
海鷗，斜行出海的白帆
領先我們飛向無涯的清晨。

❶「南方」隱喻南半球的弱勢國家、種
　族，以海為生活場域，空間開闊；相對
　於北方的大陸性霸權，只有河流的狹窄
　心腸。

哥倫比亞 Colombia

朵拉・伊莎貝爾・貝篤果・易莉雅特
Dora Isabel Berdugo Iriarte

　　朵拉・伊莎貝爾・貝篤果・易莉雅特（Dora Isabel Berdugo Iriarte），生於卡塔赫納，律師、詩人、劇作家、時裝設計師、溝通專家。擔任過卡塔赫納大學等多所大學教師。獲多項拉美詩獎，詩被選入拉美多國詩選。現任哥倫比亞國際黑族和原住民詩歌節執行長。

忠告
Recomendaciones

立刻走開
別沾到
跟你握手人的氣味

語言繞來繞去
把每字
留在發生一切的人生門檻
連你和你的話

你說要退出
Dices que te abandono

你說要退出
沒有我
你只是錯亂的思想
我的影子的影子

記住

你佔了神的位置
卻不行神跡

瑪姬・郭美姿・塞普薇妲
Maggy Gómez Sepúlveda

　　瑪姬・郭美姿・塞普薇妲（Maggy Gómez
Sepúlveda），出生於哥倫比亞北部桑坦達省
（Santander），職業是心理學家。自從2009年起，每
年參與在智利舉辦「十月・詩人的足印」國際詩歌
節，2012年起為古巴舉辦「島國詩篇」國際詩歌節。
曾參加在祕魯、哥倫比亞、巴西、古巴等國際詩歌節
活動，擔任世界詩人運動組織副祕書長，2015年來台
出席台南福爾摩莎國際詩歌節。

國家，你為何哭泣
Lloras Pais

國家，你為何哭泣
你廣闊平原、高山，大海
還不夠嗎？
你為何哭泣
或許你沒有星球的財富
可給……卻宣告要
得到宇宙……？

等春天花開時
你會喜怒哀樂大地。

哥倫比亞
Colombia

你是誰，
要棕櫚樹搖擺枝葉
對世界叫囂
你不是
烏雲
怎會有陰影。

你是咖啡
土著打擊樂
石油
連同大山
開放歡迎世界。

哥倫比亞
是美麗的雕塑
張開手臂
渴望拚命尖叫
我愛你

台灣
Taiwan

夢想日月般壯麗
風景優美亦如
人民善良，
人民煥發內心高貴
笑容表露內心深意。

台灣，台灣

在我回憶時光裡怎會消失
透過我回味的毛細孔
我以皮膚向你宣告
我會踏著小心步伐回來
當海浪與康比亞舞❶旋律合拍
我會回到你身邊。

❶康比亞舞（cumbia）為哥倫比亞舞蹈，
特色是小滑步。作者擅長此舞，2015年
9月3日晚在吳園表演過。

馬利亞‧赫密妲‧查瓦莉雅‧倫頓紐
Maria Hermilda Chavarría Londoño

　　馬利亞‧赫密妲‧查瓦莉雅‧倫頓紐（Maria Hermilda Chavarría Londoño），生於安蒂奧基亞省，安蒂奧基亞大學西班牙文學語言系畢業，獲英語教師訓練課程認證。現擔任安蒂奧基亞文學中心董事長，世界詩人運動組織（PPdM）駐安蒂奧基亞省北區領事。

植物墾殖
Reclamo Vegeta

深色蛇紋石在夜裡晃動
河流曲張，紋脈破裂
沖走雜物，在沙地打盹
天空以顫抖的聲音呼喊

雷鳴撕裂山崗撼動舊門庭
大地之母說若空氣有毒
受害的卻是可耕地
不再有生機，人活在廢墟

無力的海鯛要求傳衍
神祕灌木叢無情阻絕
共犯在轄區內自誇進步

自然深林墾殖形同孤兒
千年古木在懷念自由
世界以高姿態尋求和平

馬里奧·馬索
Mario Mathor

　　馬里奧·馬索（Mario Mathor, 1965~），出生於波哥大。教育碩士，專修生物化學，任教職26載，現任阿孟特（Ament）國際基金會經理。已出版兩本詩集，獲哥倫比亞、墨西哥、智利、阿根廷、古巴等國多項獎譽。勤學華語中，會學唱台灣歌曲。前後在2014年和2016年來台灣參加分別在台南和淡水舉辦的福爾摩莎國際詩歌節

飛吧
Volarás

高飛
俯瞰播種花籽的場所

飛過雲層
追尋太陽東升
耐心等候愛發芽的地方

在那裡男人發展前途
在那裡女性的美貌
隱藏春天花卉的花粉
在那裡痛苦陰霾都被遺忘

飛吧！

高飛
尋找安置你未來的標誌
當哈雷彗星金光閃亮
在太平洋某處

當你找到
就當地播下愛的種籽
並賜給名字
台灣

台灣寶地
Taiwán… la tierra de la joya

寶石有如紅色夕陽
廟宇以光譜魅力連結智者與凡人

紙張披上寶石，墨水
閃現特殊魅力
以迷人書法揮毫奧義

毛筆與藝術在心靈結合
如彩虹壯麗映現在寺廟守護的夢幻湖上方
啟發培養成純粹寶石文化

民間文化在高歌中吟詠迴盪
融和天人合一的哀愁與嚮往

寶石在樂器中譜出旋律氛圍
將心靈昇華到雲端

寶石展現台灣詩人特別笑容
他們在一花一葉
每次日出日落
譜出創造的美
化成愛與詩的靈感

與樹木談心
Hablando con árboles

在大自然界裡
台灣心
自然呈現
自然形塑男女奮鬥
愛慾故事
期望自由獨立

樹在枝上寫故事
宛如詩人坐在旁邊
寫情詩
以其天性
在飽受戰亂痛苦中
掙扎

台灣心與樹木相連
樹木畢竟是人民明鏡
得以鑑照

與樹木談心
詩人體會鹽分地帶之美
及其心靈之純粹
心靈成為島嶼
名叫台灣

藍點
Punto Azul

遠在恆星地平圈的藍點
微小
虛弱
遼夐
心神遼夐
擔負生與死
滿盈與存在。

我眼見的藍點
像淚珠落向心的遼夐海洋
讓我充滿⋯⋯幸福
在我周圍的靈光之美。

從藍點我找到溫存和詩篇
我找到笑聲和
夢想在日落黃昏時刻
航向黎明。

藍點伴隨著白月
在歌與詩之間
播放整夜。

藍點穿上雲裳
有黑白色調
光照亮奉獻和生命的
暴風雨小徑。

藍點在我心裡充滿快樂
痛苦和思索
我心身跟隨旅行的點
是我生命在宇宙間的基礎
在籠罩的太陽系內
太陽照亮黑暗的早晨
才可能賦予愛情和生活。

藍點類似神
以其美和柔性藍天
布滿天使和信眾
開闢通往希望的道路
為了生
為了死
為了夢想。

馬偕的夢想
Los sueños de Mackay

染成橘色的天空
遊客來時群鳥飛翔

苦悶黎明
傳教士生涯降臨時
秋葉
作為你心上的舞台
開始夢想更好的村莊

醫療疼痛

用愛教育

流汗工作

苦悶的心靈聆聽
他的智慧並且感謝他
得到更好的生活

傳教士觀察他的夢想
如何在時間裡航行
同時
也成真了

手寫他的名字感謝他們努力
打赤腳走過歷史幽徑
用勇氣書寫

此時此刻
馬偕的夢想
無聲卻永遠航行
在淡水河上

而他的心靈和存在感受
在台灣感恩的內心每個角落

他的夢想航行淡水河
水波帶著愛的遺產直到永恆

古巴 Cuba

荷瑟・馬蒂
José Martí

　　荷瑟・馬蒂（1853~1895）不但是領導古巴人民反抗西班牙統治、追求獨立戰爭的革命英雄，被稱為「古巴獨立先知」，也是拉丁美洲現代文學重鎮，在短暫一生中扮演詩人、散文家、報人、革命哲學家、翻譯家、教授、出版家、政治理論家等各種角色。

　　馬蒂出生於哈瓦那，年輕時即從事政治活動，透過寫詩、小說、散文，辦報，鼓吹自由民主，影響到尼加拉瓜詩人達里奧（Rubén Darío）、智利詩人米斯特拉爾（Gabriela Mistral）。他周遊西班牙、拉丁美洲、美國，遊說支持古巴獨立，在美國佛羅里達州整合古巴移民社區，是古巴人反抗西班牙的獨立戰爭成功關鍵。

　　1892年馬蒂在美國組織古巴革命黨，進行武力推翻西班牙殖民政府，1895年4月獨立戰爭爆發，馬蒂趕回古巴參戰，於5月19日壯烈成仁。〈關達拉美拉〉（Guantanamera）歌詞便是改編自馬蒂的詩，成為古巴最著名的愛國歌曲，傳唱全世界。

　　馬蒂被視為拉丁美洲知識分子的標竿，他的寫作

範圍很廣，詩、散文、書簡、演講、小說，也編過兒童雜誌。他為許多拉丁美洲和美國報紙寫稿，甚至自己辦報《祖國》，做為古巴獨立運動的機關報。他鼓吹現代主義文學運動，與拉丁美洲意識相結合。他的詩作多產，以《短詩集》（Versos Sencillos, 1891）最著名。

短詩集
Versos Sencillos

第1首
No. 1

我是誠實的人
出生棕櫚樹的土地，
在死去之前
要獻出心靈的詩篇。

我旅遊世界各地，
沒有一處沒去過；
我是藝術中的藝術，
群山裡的一座山。

我知道柳樹的怪名，
我熟識各種花卉：
我明白謊言會殺人，
我瞭解悲哀要昇華。

透過夜晚的死寂
看我的頭緩緩垂下，
純潔光形成的射線
來自上天的美。

我見過波浪秀髮
自美女肩上飄揚，
也看過蝴蝶群
從腐爛垃圾堆飛起。

我知道男人求生
身邊帶著短劍，
死在她手下當時
從未說出自己姓名。

瞬間，我兩次說出
我心靈的反映，

就是可憐父親過世，
以及她要求分手時。

有一次我發抖，衝過
葡萄園門口，害怕呀，
卑鄙黃蜂猛螫
我的小女兒前額。

好運對我居然雙至
無人再敢忌妒我，
當獄卒含淚宣讀
我的死刑判決書。

地下傳來一聲嘆息，
我聽到深深悲嘆：
嘆息聲沒有傳到爐邊，
兒子卻從熟睡中甦醒。

若說我已經獲得
珠寶商祕藏的精品，
那就是我得到好友，
把愛情丟到一旁。

我看到老鷹受傷，
卻滑翔飛過天空；
我知道蛇被自己毒液
橫死在籠子裡。

我明白世界很脆弱
就快要崩塌倒地，
然後在靜靜深海裡
緩緩小溪就可發聲。

高興和懼怕交戰中，
我膽敢用手去觸摸

一度燦爛的星星
從天掉到我家門檻。

我勇敢的內心隱藏
最最恐怖的痛苦，
被鎖鍊的土地之子
為之求生為之死別。

一切皆美且正當，
一切如音樂且理性；
像盛產前的鑽石，
皆如發光前的煤炭。

我知笨人躺下休息時
榮譽和淚水湧至，
而所有果實中的極品
留在聖地裡腐爛。

我無言，內心明白
把崇高的繆思推開；
盡心挑選一枯枝
掛上博士服做為帽穗。

第5首
No. 5

若你看過海泡石山峰，
你看到的是我的詩篇；
我的詩重若一座山
如今變得輕若羽毛。

我的詩像一把匕首
在手柄上綻開花朵；
我的詩是一處泉源
潺潺流出閃爍珊瑚水。

我的詩是溫柔青綠
卻也是熱烈鮮紅；
我的詩是受傷的鹿
在尋找山林庇護療養。

我的詩簡樸真誠
卻能鼓舞無畏勇氣；
具備鋼鐵的力量
用來鑄造銳利刀劍。

第6首
No. 6

若在我逝世時
能擁有喜愛的紀念，
我要攜帶父親
智慧的一縷銀髮。

若是天賜大幸
還能再增獲恩寵：
我要帶走疼愛的
妹妹的一幅畫像。

若是此生永遠
堅持不捨的財寶，
我要隨身一條辮子
一直深藏在金櫃。

第10首
No. 10

黃昏時，我的心思
不寧，寂寞茫然：
讓我們去觀賞一場
西班牙舞蹈表演吧！

真好，他們把插在
門口的國旗拿走了；
因為眼看那旗幟飄揚
我實在不想走進去。

西班牙舞女隨後進場，
看來高傲而蒼白：
「她來自加利西亞❶受歡呼？」
不，錯了：她是天上來的。

她戴著鬥牛士三角帽
和深紅色披風。
插著一朵紫羅蘭
真是好大的帽裝飾！

通過時看到她的眉毛，
叛逆摩爾人❷的眉毛：

她披著摩爾人的驕傲，
她的耳朵潔白如雪。

音樂奏起，燈光黯淡，
圍巾加長袍，進來
聖母升天圖造型
舞著安達魯西亞舞步。

她仰頭顯示挑戰性
披風從肩膀垂下：
合拱手臂支撐頭部
熱烈頓足打拍子。

她蓄意想踩破地板
好像腳跟是一把刀，
舞台已經深深鑲嵌
男人破碎的心。

歡樂的情緒正燃燒
在她眼波的火熱裡，
紅斑點圍巾在空中
隨著她旋轉揚起。

她開始猛烈跳躍，
反彈、旋轉、俯首：
她把毛料圍巾張開
向我們露出白袍。

她全身扭曲搖擺；
張開嘴巴非常誘人；
嘴巴是一朵玫瑰：
舞蹈中她不斷頓腳跟。

然後嬌弱轉身風起
長長的紅斑點圍巾：

朝大家閉著眼睛，
拋下一聲嘆息。

西班牙舞女表演精采；
她的圍巾紅白相間：
不寧的寂寞心靈
又退回到斗室裡！

❶加利西亞（Galicia）在西班牙北部，曾
經是獨立王國。
❷摩爾人（Moor），信奉穆斯林的北非阿
拉伯人，八世紀起，跨海到西班牙，統
治了安達魯西亞地區達八百年。

第23首
No. 23

我就要離開人世
試扣自然：

綠葉覆滿驛馬車
載我奔向死亡。

別讓我躺在黑暗裡
等叛國者來悼念：
我人好就要好死，
我死也要面向太陽。

第39首
No. 39

我種白薔薇，
在七月一如正月，
為了真實的朋友
他向我伸出誠懇的手。

至於對那壞人
撕裂我賴以生存的心，

我不種蕁麻或荊棘：
我種白薔薇。

第45首
No. 45

我夢想大理石修道院
在安靜中祈福恩賜
不世出的英雄安眠：
夜裡，藉心靈之光
我與他們對話：在夜裡！
他們記載於史冊：我走過
他們的陣容：我親吻
他們石雕的手：他們張開
石雕的眼睛：他們閃動
石雕的嘴唇：他們搖動
石雕的鬍鬚：他們握住
石雕的劍：他們嘆氣：

劍在鞘內空轉！：
悄悄，我親吻他們的手。

我在夜裡與他們對話！
他們記載於史冊：我走過
他們的陣容：我也嘆氣，
抱住一尊雕像：「雕像呀！
據說你的諸兒竟然從
他們主人下毒的酒杯
喝盡自己血管滴出的血液！
他們以惡棍的毒舌
說話！還用來吃
惡名昭彰的麵包
就在沾血的餐桌上！
在無聊的談話裡
最後失火！據說，
雕像呀，睡眠中的雕像呀，
你的競賽輸定啦！」

我擁抱的英雄
對我衝過來：
他一把抓住我的衣袖：
拿我的頭掃地：
舉起他太陽般的手臂，
雕像說話：伸出
潔白的手握住皮帶：
這位大理石人物
從雕像基座溜走啦！

第46首
No. 46

我的心呀，妳應隱藏
悲傷，不讓人發現，
因此保全我的自滿，
別惹起另外是非。

詩呀，我愛妳，這位
真朋友，撕成碎片時
我心會太沉重，妳就
承擔我的全部悲傷。

妳對我忍受且承受
情意綿綿的煩惱，
我留下痛苦的愛情，
每次惱人，每次傷人。
我心寧靜，愛萬物，
做善事，是我的目標，
破浪前進，潮起潮落，
總是在衡量我的心靈。

我要勇猛衝刺邁進，
純粹而無恨，這谷底，
是自己挖，已累垮了，
有可愛的朋友同在。

我的生命勇往無回
到晴朗潔淨的天空下，
而我的悲傷堅忍住
帶著神聖耐性的傾向。

因我深知投身靠妳
這是殘酷的習性，
顛覆妳和諧的真實
試探妳溫和的精神。

因為在妳胸懷裡
我的悲痛受到庇護，
鞭策妳平靜的潮流，
這裡白而那裡紅，

然後蒼白如死臨頭，
又是咆哮又是攻擊，

然後無法克服
痛苦的重壓崩潰。

我該已接到內心勸告
卻如此不能履約,
我要把妳遺忘乾淨,
妳卻永遠不放棄我?

詩呀!他們說要向
一位大人物死諫;
詩呀,我們命運相連:
我們存亡在一起!

邱鐸 · 耶洛 · 托雷斯
Kiuder Yero Torres

邱鐸 · 耶洛 · 托雷斯（Kiuder Yero Torres, 1977~），出生於奧爾金（Holguin），畢業於哈瓦那大學機械工程科。2000年起獲得許多文學獎的肯定。曾擔任世界詩人運動組織古巴分會執行長，自2012年起主辦古巴「島國詩篇」詩歌節，譯者2014年曾組台灣詩人團參加，開啟台灣與古巴詩交流的先聲。出版詩集《都是影子》（Toda la sombra, 2008）和《無言的亡命者》（Profugo del Silencio, 2010）。

巴別塔❶
La Torre de Babel

別誤解我的語言
我要知道真理
以荒野之塔
建造城市。

別誤解我的語言
我以通天塔尖
渴望在
並列的世界裡
漫步於偏見
與深度證據之間。
觸及光會恐懼
迷失足跡
且升高天頂到
無味的位置。
就埋藏的世界
分疏色彩
清明的高塔

不知何為南方。
賭徒的誘惑
界定建築。

散亂的希望
破壞我的和平。
地面道路
無法引導我們
到達天堂。
（別無理由）

是寬恕語言混亂
的時候了。
意志沒有贏
誰會背叛我們？
誰會以你的重力
厭煩陰影？

因為我們認為
不會回到暗中征服
和猶豫新發展
的途徑。
殘酷的荒漠
自始受到干預
當巴別塔內無人
管理同樣空虛。

❶巴別塔，據聖經《創世紀》第11章記
　載，巴比倫人想建造通塔天，上帝以變
　亂他們的語言懲罰，使彼此無法溝通，
　人類因而四散世界各地。

復歸
Volver

在蒼白反光照耀下
他們都一樣，
深受痛苦時刻。

　　　　——阿爾弗列鐸‧雷‧沛拉❶

我的雙親在核對倖存者
永生在對我割喉。
仍然邁開遲疑的步伐
前往他們美麗船隻的方向
發現這港口用我的名字。
青春睡眠才不管新千禧年
完成艱難的周而復始
一星期又一星期
帶有茉莉和香粉的芬芳
在和睦中分開
和在一起成為骨灰
和語詞以及不再記憶
經年累月成為習慣。

我助長迦達爾❷歌曲
助長這緊密的痛苦
在人行道上
帶著蒼白受害的無奈。

外界猜測讓我無法安眠
人民不放過我
書籍不放過我
外界是褪色的照片
都在我胸中。
心靈深處。

❶阿爾弗列鐸‧雷‧沛拉（Alfredo Le Pera,
　1900~1935），出生於巴西，後移民阿
　根廷，無數著名探戈舞曲的作詞者。
❷迦達爾（Carlos Gardel, 1890~1935）出
　生於法國，後移民阿根廷，唱紅了探戈
　歌曲，被稱為「探戈之王」，在哥倫比
　亞因飛機失事，與作詞者沛拉同機共赴
　黃泉。

米蓋爾‧巴尼特
Miguel-Barnet Lanza

　　米蓋爾‧巴尼特（Miguel-Barnet Lanza, 1940~）是詩人、小說家、電影劇作家，本身專業是民族學者，擔任古巴科學院民族民俗所和馬蒂國家圖書館研究員。1966年以小說《逃奴傳記》（Biografía de un cimarrón）成名。1986年獲文學評論獎，1990年獲西班牙戈雅電影編劇獎，1994年獲古巴國家文學獎，1996年獲頒馬蒂勳章。到2000年《最後時刻》（Actas del final）已出版10本詩集。1994年成立費爾南多‧奧爾迪茲基金會（Fundación Fernando Ortiz），擔任董事長。2007年起出任古巴國家作家藝術家聯盟（Unión Nacional de Escritores y Artistas de Cuba, UNEAC）會長，現任駐聯合國文教組織（UNESCO）古巴代表。

死亡就像這樣
La muerte es como ésa

法第索已經死了
他能夠用肺給腳踏車輪胎充氣
曾經醉倒在朋特堡前面❶
躲避日曬

巴特里西奧已經死了
他乾癟小手把最後彩券緊握胸前

帕爾米拉來的田特已經死了
死在汙穢的稻草床上
可憐的老廟公
他死於半夜還在為他的施主
奧貢・貢雷雷斟燒酒
我不知道為什麼對田特這般傷心

以色列已經死了
他批發布料滿懷鄉愁準備宣布
「我要在波蘭吃無花果」

蘇珊妮妲已經死了
這位旅社老管家在後院扶手椅上哭累了
鑰匙掛在腰際，大鼻子……啊！蘇珊妮妲！

騙子死了（我想不起他的眼神）
他習慣遊蕩好幾個小時
靠在掛著彩帶的柱子
位在普拉多徒步街道上❷
賭徒奧斯卡已經死了
死得很慢，在紫水中淹到耳際
最後只剩一張臭皮囊的重量

吉普賽街頭藝人死了
他的猴子拖著繫鏈的尾端
跳軟舞走遍大街小巷

盧淇雅，以前是盧克蕾淇雅，也死了
我母親的女裁縫師

她日夜在裁縫機上汗流不停
養她不朽的丈夫亨柏妥
她那眼神如今可穿透他的身體

耶穌死了（我但願這事已經過去了）
從圖書館得知他是黑白混血兒
他們告訴我多讀點書。我什麼都不懂。

畢加索死了
從巧克力棒吊下來
這位畢加索
在馬戲團表演
驚人的節目！

死。真可怕
神啊

我還是搞不清楚為什麼要說出名字

我但願能夠像一條河流動

❶朋特堡（Castillo de la Punte）是建在哈
　瓦那灣的海防堡壘。
❷普拉多徒步街道（Paseo del Prado）在朋
　特堡處，從濱海馬列關（Malecón）風
　景區通往尼普頓街，星期天遊人如織。

唐人街
En Chinatown

我等妳
在唐人電影院
殘破的大帳篷底下
在廢棄朝代的
黃色薰煙裡

我等妳在排水溝邊
有黑色表意文字
再也無話可說
漂浮而已

我等妳
在派拉蒙攝影場
餐廳門口
每天在放映同一影片

預料妳會來
我讓雨用虛線
覆蓋我身

伴著一隊宦官合唱團
和李太白
獨弦琴的琴聲
我等妳

可是還沒來
我的真實情況是
我在等妳

南希・莫雷虹
Nancy Morejón

　　南希・莫雷虹（Nancy Morejón, 1944~）畢業於
哈瓦那大學，鑽研加勒比海和法語文學，致力於翻譯
加勒比海作家英、法文作品為西班牙文，擔任過衛斯
理學院（Wellesley College）和密蘇里哥倫比亞大學駐
校作家、美洲之家加勒比海研究中心主任。她的作品
採取種族融合立場，把西班牙和非洲文化型塑成新的
古巴認同，從1962年起已出版13冊詩集。1986年獲古
巴國家評論獎，2001年獲古巴國家文學獎，是自1983
年創立以來第一位獲獎的黑族女性，2006年獲馬其頓
史突魯嘉（Struga）金花冠獎。2008年獲選為古巴國
家作家藝術家聯盟作家組主席，2013年出任聯盟會刊
（Revista Union）社長。

鼓
The Drum

我的身體召喚火焰。
我的身體召喚薰煙。
我的身體遭難
像溫柔小鳥。

我的身體像島嶼。
我的身體隨侍教堂。
我的身體在珊瑚間上升。
我海霧的微風。
我海上的火。
在大地蔚藍中
海不可逆轉。

我的身體滿月。
我的身體像鵪鶉。
我的身體如羽毛。
我的身體要獻祭。
我的身體在陰影下。

我的身體滿日。
我的身體，無重量，在光中，
你的光，自由自在，拱門內。

我愛主人
I Love My Master

我愛主人。
我撿木柴平日為他燒火。
我愛他明亮的眼睛。
溫順像綿羊。
我在他耳邊甜言蜜語。
我愛他的雙手
把我放倒在草床上；
我的主人會咬，會征服。
他對我說祕密故事
我卻迷住他全身，滿是子彈傷口，
太陽掠奪戰期間的成果。
我愛他的腳
周遊外國冒險犯難。
我用最細的香粉給他按摩，
那是有一天早上
離開菸草園時發現的。
他彈吉他，唱出昂揚的歌詞
像是曼里克的詩。❶

可惜我沒聽過馬林卜拉琴演奏。❷
我喜歡他那優雅的紅嘴唇，
洩漏出來的話語
我還無法完全解密。
我轉述他的話不再是他的原意。

而時間的絲綢已破爛。

聽到田園老警衛在說話，
我曉得我的愛情
在製糖廠的大鍋內煎熬，
蒸煮像是地獄，上帝常常對我
敘說不停的地獄。
他還能對我說什麼？
我為何住在蝙蝠完美的公寓？
我為何要服侍他？
他坐在比我幸福的馬拖拉的
豪華馬車裡能去哪裡？

我的愛情像蓋住嫁粧的雜草
那是他唯一無法把我拿走的財產。

我詛咒

他披在我身上的這襲穆斯林長袍；
他毫不憐惜強制我穿上的虛榮蕾絲衣服；
我在無向日葵午後沒完沒了的家事：
我齒縫裡說不出怪異的氣話；
這些石頭乳房甚至可讓他吸奶：
這子宮被他記不清楚的蹂躪摧殘過；
這該詛咒的心腸。

我愛主人，可是每晚
當我經過花間道路前往甘蔗園
　　　　　我們在那裡偷情，
我看到自己手持利刃宰他
　　　　　像無辜的耕牛。

震耳的鼓聲讓我再也聽不見

他哀叫，或是恨罵。

敲響的鐘聲在呼喚我。

❶曼里克（Jorge Manrique, c. 1440~1479）
是一位西班牙著名詩人，其名作〈亡父
吟〉（Coplas a la muerte de su padre）迄
今仍傳唱不已。

❷馬林卜拉琴（marímbula）一種加勒比海
的撥弦箱樂器，與馬林巴琴（marimba）
不同。

尼古拉‧紀廉
Nicolás Guillén

　　尼古拉‧紀廉（Nicolás Guillén, 1902 ~1989）出生於卡瑪圭（Camagüey），非裔，哈瓦那大學法律系畢業，1937年以雜誌記者身分投入西班牙內戰，因被列入黑名單，流亡巴黎多年，俟卡斯楚革命成功後，1960年回到古巴。1961年結合作家、音樂家、演員、畫家、雕塑家，和不同類別的藝術家，組成古巴國家作家藝術家聯盟（Unión Nacional de Escritores y Artistas de Cuba），擔任會長。被公認為處理非洲題材最具影響力的拉丁美洲詩人，1983年獲古巴國家文學獎。其漢譯詩〈仙舍瑪亞〉等六首見拙譯《黑人詩選》（1974年）。

真正黑檀木
Ébano real

午後走過時看到你
黑檀木呀，你好；
所有木材中的硬漢，
所有木材中的硬漢，
你的心不會被遺忘。

阿拉拉，籃子，
薩巴魯，犁。

真正黑檀木，我要船
真正黑檀木，你的黑木頭……
如今你是辦不到，
等一下，老兄，等等
等到我死。

阿拉拉，籃子，
薩巴魯，犁。

真正黑檀木，我要櫃子
真正黑檀木，你的黑木頭……
如今你是辦不到，
等一下，老兄，等等
等到我死。

阿拉拉，籃子，
薩巴魯，犁。

我要四方桌
還有旗杆；
我要重重的床
我要重重的床
黑檀木，你黑木頭
啊！黑木頭……
如今你是辦不到，
等一下，老兄，等等
等到我死。

阿拉拉，籃子，
薩巴魯，犁。

午後走過時看到你
黑檀木呀，你好；
所有木材中的壯漢，
所有木材中的硬漢，
你的心不會被遺忘。

你能嗎？
¿Puede usted?

你能賣給我空氣嗎？滑過你的指間
拍你的臉龐，還攪你頭髮的空氣。
或許你賣給我五分錢的風
或貴些，或許你賣給我一場暴風？
或許那優雅的空氣
你會賣給我，那空氣
（不要全部）在你的花園裡
到處遊蕩，在花冠之間
在你的鳥園裡
值十分錢的優雅的空氣。

　　　空氣轉身不見啦
　　　跟著蝴蝶
　　　無人管，無人管。

你能賣給我天空嗎？
天空有時蔚藍
有時灰濛

你一長條的天空
你以為用花園內的樹買到一點點
就像用房子去買屋頂。
你能賣給我一塊錢的
天空，二哩的
天空，無論如何，一小片
你的天空？

天空在雲間
雲不見啦
無人管，無人管。

你能賣給我雨嗎？
那是你的淚水，潤溼你的舌頭。
你能賣給我一塊錢的水嗎？
從泉源，懷孕的捲毛雲
溫馴像綿羊
或許雨水揚升到山上

或是坑裡的水
留給小狗玩
或伸展成海成湖
一百塊錢的湖。

　　　水落下來，打滾。
　　　水打滾，不見啦。
　　　無人管，無人管。

你能賣給我土地，
根的深夜，恐龍的
牙齒，從遠方的骨骼
分散的石灰嗎？
你能賣給我掩埋的森林，
死鳥，石魚，火山的
硫磺，一億年
貫穿而出？你能
賣給我土地，你能

賣給我土地，你能嗎？

　　你的土地是我的
　　任人人腳踩
　　無人管，無人管。

里卡鐸・包約薩
Ricardo Pau-Llosa

里卡鐸・包約薩（Ricardo Pau-Llosa, 1954～）出生於哈瓦那勞工階級家庭，六歲時隨家人流亡美國定居，在邁阿密受完整大學教育。1983年出版第一本詩集《慎選隱喻》（Sorting Metaphors）就獲得第一屆美國全國性安印嘉詩獎（Anhinga Prize for Poetry），第三本詩集《古巴》（Cuba, 1993）獲選為卡內基・梅隆（Carnegie Mellon）大學詩叢刊第100種紀念版，迄今共出版六本詩集。他也是著名藝評家和收藏家，專長在拉丁美洲藝術。

論證者
Monstrance Man

他童年時有語言障礙
三歲後才從口中吐出一句
真正的話。長久時間
語無倫次困擾他。他姐姐
盡力訓練他腦內卡住的
密櫃,旋轉生動鼻子上的
紅球,而他的祖母
已懶得堅持要他說出
玩具或食物名稱(每一項
欲求都用代碼)無論他咕噥
或指點什麼就給他什麼。
啊!這個人在孩童時就想過,
當我在他們之間出頭時
應該發明我自己的語言
讓別人茫然但惟恐
他們不明白,無法以
自大的口才詢問或辯解
他們的情況。我要

他們注意最簡單的事物，
這個人在孩童時就想過，
要填滿遺失的敬畏，
指著他們的臉，他們的
瞳孔張大像塗黑硬幣，
碎心的玻璃當可聚攏
希望隨著全部收益
有人會實際掌握
以他們的需要為需要而非
在突發奇想的幻境裡
視為聲音的荒謬聯結。
然後，咬牙切齒發誓
然後我的城市廣場
會寫上我的名字，
而他們血液對他們
和對我一樣無甚關係。

算盤
Abacus

哈瓦那1933、1954，邁阿密2002
給尼科拉斯，最後的古巴人❶

「憂鬱是罪，真的是罪，都一樣，不但衷
誠真摯的決心是罪，而且是眾罪之母。」
　　　　　　　——齊克果〈罪／無罪？〉

他們正在隔壁屋頂上
跳舞，從窗口漏出火光，

在丹宗舞曲❷平靜節拍中
也可能是大眾踢躂鞋跟

太猛，不，其實跳舞正合適，
但突然擺出肉身對泥土

報復的快樂姿態。八歲小孩
徬徨在繁華市街驚訝人行道上

血液的粉紅色，如何把柏油
熔化入身體抓住的鋪墊部位，

正好死寂空間的皇家，無聲崩潰，
襤褸破衣翻轉，小孩從未聽過

街上如此寂靜。如今成為祖父
尼科拉斯·金塔納正在寫回憶錄。

他建造一些古巴前衛住家和大樓，
後來在幾十年落伍歲月裡，馬查多❸

倒台，當時尼科拉斯，小孩子，
看到鄰居屋頂上蜂群華爾茲，他設想

他們彎臂、把腳踢直、扭轉身體
宛如他們捕抓或是正要網捉

歷史上無可倫比的魚。他知道
他經常為小可樂事笑倒。據他說

跳舞後經過68年，在我客廳裡
我夢到誕生那一年已經是大人物，

48年前，大混亂煽動起
縱帆風、掀天浪，猛然擊打

龍骨衝向磯波。我新娶的女人
站在甲版上，戴墨鏡，亭亭玉立。

滿腹美酒。她或許是歷史的繆斯。
她的義大利圍巾飄揚在海灣潮流的

含乙炔氣風中。我們要航行回到
哈瓦那港口，暢飲蘭姆甜酒，享受

空調，如今她卻斜靠像舌頭
在雲彩的唇和軟墊的喉嚨之間，

品味她臉上血腥的金屬性浪花。
五十年代後期盛夏的哈瓦那在她

背後燦爛。光亮如剛擦拭過的喇叭。
她清晨搭渦輪螺旋槳飛機往紐約。

於今過了二十年後
要活下去已太遲，要回憶又太早。

❶指尼科拉斯・金塔納（Nicolás Quintana, 1925~2011），古巴現代建築運動的肇建者，1960年不容於卡斯楚政權，流亡委內瑞拉、波多黎各，1986年後定居邁阿密，先後擔任邁阿密大學和佛羅里達國際大學建築系教授。
❷丹宗舞曲（danzón）是古巴從「對舞」發展出來的慢步舞曲，亦稱哈巴內拉舞（habanera）。

❸指傑拉鐸・馬查多・依・莫拉雷斯
（Gerardo Machado y Morales, 1871~
1939），古巴獨立戰爭英雄，以准將退
役，活躍於政壇，於1920年出任自由黨
黨魁，1924年獲中產階級擁戴，以絕對
票數當選總統，後竟變成超強獨裁者。

羅貝拓・費爾南德斯・雷塔瑪
Roberto Fernández Retamar

　　羅貝拓・費爾南德斯・雷塔瑪（Roberto Fernández Retamar, 1930~），留學英、法，得博士學位，曾在耶魯、布拉格、布拉第斯拉瓦等大學客座，開拉丁美洲文學課程。早年在政治上是切・格瓦拉和費多・卡斯楚的知交，1959年革命成功後，一直是黨政中央人物，現任國會議員。在文學上表現不俗，出版詩集約30冊，被美國學界視為傑出的拉丁美洲代表性詩人。1951年即得國家詩獎，後陸續獲國際獎項無數，包括達里奧拉丁美洲詩獎、保加利亞瓦普查洛夫國際詩獎、阿根廷裴瑞茲國際詩獎等，1989年獲古巴國家文學獎。1965年創立美洲之家（Casa de las Américas）政府出版機構，擔任社長迄今。

有人向我要一朵里爾克的薔薇
Alguien me pidió una rosa de Rilke

然後退還給我
徬徨年輕詩人閱讀過的信，
熱血的青年旗手在夜裡鏖戰，
書籍添翼給石頭、給顫慄的青銅。
手記使我苦悶焦慮極了
像布拉格另一位亞美利加異邦小孩。
悲歌帶著恐怖而必要的天使之美
十四行詩裡有一朵他不知名的花，
日記是在翡冷翠寄寓的河邊寫的
隨後我去投靠一位侯爵夫人和朋友。
許多時間、很多形象、許多童年的風
就像許多明亮的幽暗，我曾經擁有的場所
遠方的毒蛇，我全部的親友。
記事報是我最喜歡的舊報，而我選擇
詩人純粹的手寫的薔薇。
就要成為最後的薔薇，有刺的薔薇。❶

❶熟悉里爾克的讀者，知道此詩以里爾克
作品串連，描寫一生行誼，有作者自身
的投射，可見作者也是一位里爾克迷。

用同一雙手
Con las mismas manos

我用愛撫妳的同一雙手在蓋學校。
天亮就到工地,我想應該穿工作服,
工人和童工穿著破衣裳等我
他們稱呼我老爺。
他們在半毀的房子裡
有幾張床和木棍:在裡面過夜
已經勝過在橋下或走廊睡覺。
有一位識字,來找我
因為他們知道我有圖書室。
(他又高又爽朗,黑白混血的粗獷臉上一把大鬍
子)
我經過本來是學校餐廳,如今只掛一隻鞋
朋友用手指在空中比劃大門和窗口。
背後卡車載石頭和一群孩童
疾駛而過。我下達命令
開始教初級工人基本工作。
我拿起大鏟子和工人遞過來的生水
累壞了,我想到妳那時候

正忙著收成，直到天暗看不到妳

好像遠去，遠到真的一樣，

我愛，彼此多麼遙遠呀！

聊天和午餐

是該得的，還有牧者的友誼

直到有一對情意綿綿

經我指出，羞紅臉

咖啡後，談笑，抽菸。

沒有時間

我無法想念妳。

今天或許還要加班，

協力蓋好學校

用愛撫妳的同一雙手。

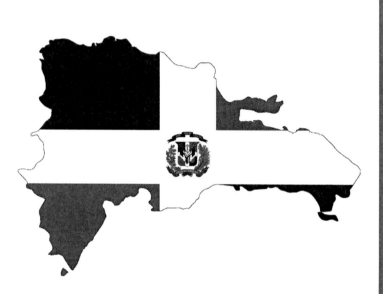

多明尼加 Dominican Republic

曼努埃爾・德爾・卡布拉爾
Manuel del Cabral

曼努埃爾・德爾・卡布拉爾（Manuel del Cabral, 1907~1999）生於聖地牙哥，德・洛斯・卡瓦耶羅斯（Santiago de los Caballeros），是最有名望的多明尼加詩人、小說家，夙著國際盛譽，與古巴的紀廉（Nicolás Guillén）、波多黎各的路易斯・帕萊斯・馬托斯（Luis Palés Matos），並稱非裔加勒比海西語詩的標竿人物。少年時移居美國，成為外交官，擔任過駐美國、祕魯、哥倫比亞、智利、阿根廷大使，留駐阿根廷多年，視同第二故鄉。大部分著作在阿根廷出版，以詩集《孟同事》（Compadre Mon, 1943）闖出名號，關心勞工和社會議題。1992年獲國家文學獎，1998年由國家圖書館出版《詩選集》（Antología Poética）和《小說選集》（Antología de cuentos）。

黑人家裡一無所有
Negro Sin Nada En Tu Casa

我看到你在挖金礦
——黑人無土地。

我看到你挖出大鑽石
——黑人無土地。

我看到你從地下搬出煤炭
好像是你碎成片片的身體。

我看到你上百次在播種
——黑人無土地。

你的汗流到地上
從來沒停過。

你的汗很老，還很新
你的汗滴在地上。

你用痛苦的汗水施肥
多於雲落下的雨水。

你的汗，你的汗。這一切
抵百條領帶，四部豪華轎車
卻不踩在地上。

只有當土地不是你的，
土地才是你的。

給玫瑰短簡
Pequeña carta a una rosa

讓我想想妳在哭什麼，
妳有那麼多眼簾。
讓我想想妳在高興什麼，
妳有那麼多性感的唇。
我知道我的眼光使妳長刺。
我知道妳已老到像我皮膚起皺。
但妳在花瓣裡聚集晨光
以花翼堅持森林中全部的愛，
妳給我短暫的春天
讓我把手保留給妳，
讓我……
小精靈的數位式簡歷，
腦中想花園，夢裡吃草
妳，
受困於花瓣無法飛翔，
但妳在空中，一呼吸
就死定了，當
妳開始靠腐殖生存

妳開始活得像鳥
失去鳴囀，我只聽到芬芳。
我知道妳老到如同我唱歌的年齡，
總之是在妳空間內，我才明白，
我看到妳眼簾內的露珠閃爍祕密，
我回到妳掌握中的深淵。
妳上了斷頭台，活在玻璃內
在我似河的眼光中，始終悲傷，
妳突然加大成長
把我的哭聲給了園丁雕像
妳，卻不知道
無助地在我手中得到保護。

蓋亞那

Guyana

約翰・阿噶德
John Agard

約翰・阿噶德（John Agard, 1949~）生長於英屬
蓋亞那首府喬治城，擔任過教師、圖書館管理員、雜
誌助理編輯，出版兩本書後，1977年移民英國什羅普
郡（Shropshire）。獲1982年古巴美洲之家獎、1997
年保羅・哈姆霖（Paul Hamlyn）詩獎、2004年騫雷獎
（Cholmondeley Award）、2007年大英書獎、2012年
女王金牌詩獎（Queen's Gold Medal for Poetry）。2008
年擔任國家海洋博物館駐館詩人。出版著作約50種，
其中包括許多劇作和為兒童寫的詩集。

旗幟
Flag

在微風中飄揚的是什麼？
那只是一塊布而已
卻使國家為之屈膝臣服。

在旗杆上張開的是什麼？
那只是一塊布而已
卻使男子漢的勇氣百倍。

升到帳篷上方的是什麼？
那只是一塊布而已
竟使懦弱的人變堅強。

飛越過原野的是什麼？
那只是一塊布而已
卻活得超過你流淌的血。

我怎樣才能擁有這塊布？
朋友，只要求一面旗幟。
然後絪住良心到底。

造橋人
Bridge Builder

我是造橋人
介於神聖與腐爛之間
介於苦澀與甜美之間
介於秫草與小麥之間

我是造橋人
介於山羊與綿羊之間
介於布道與原罪之間
介於公主與侏儒之間❶

我是造橋人
介於優尼與林伽之間❷
介於黑暗與光明之間
介於左手與右手之間

我是造橋人
介於風雨與寧靜之間

介於噩夢與安眠之間
介於鐮刀與農機之間

我是造橋人
介於魔法與卜卦之間
介於聖杯與大鍋之間
介於福音與邪神之間

我是造橋人
介於蟒蛇與棍棒之間
介於獵人與狡兔之間
介於詛咒與禱告之間

我是造橋人
介於掛鉤與吊物之間
介於清水與紅酒之間
介於海鮮與山產之間

我是造橋人

介於野獸與人類之間

到底誰能停止

永久平衡的舞蹈？

❶典出自《格林童話》。
❷印度教裡分別代表陰具和陽具的崇拜
　標誌。

海地 Haiti

雷涅・德佩詩特
René Depestre

雷涅・德佩詩特（René Depestre, 1926~），年輕時即充滿革命熱情，於海地老杜瓦利埃（François Duvalier, 1907~1971）總統獨裁時代流亡歐洲，結識法國超現實主義詩人，投入黑人意識運動，受切・格瓦拉之邀參與古巴革命，並與紀廉等創辦美洲之家，然後輾轉於拉丁美洲各國，1978年起在聯合國教科文組織（UNESCO）祕書處工作十年，後為海地駐UNESCO特使，1991年獲法國榮譽公民。出版第一本詩集《火花》（Étincelles）才19歲，迄今已出版詩集17冊、小說8冊、散文4冊。獲無數國際文學獎，包括法國龔古爾小說獎、勒諾多獎（Prix Renaudot）、阿波利奈爾詩獎、古耶維克獎（Prix Guillevic）比利時皇家法語文學語言學院小說獎、義大利格里桑獎、美國古根漢學人獎等。其漢譯詩最早見於拙譯《黑人詩選》（1974年）。

加勒比海母親
Mère caraïbe

打從很早開始
海就把你置於宇宙和諧中
與一切生命、一切場所、
一切動植物、岩石和雨水
以及一切世界迷人的故事相處。

那是原初的子宮
羊膜的航道
出發的熱泉水
神奇的現實
纏繞著臍帶。

在你的課桌上
海教導你
始終要結交
蝴蝶和蜻蜓
魚和蜂鳥

海水和河石
人生的歡樂和苦難。

學校座落在海邊懸崖
賈克梅爾❶海灣是其廣闊蔚藍鄰居
在加勒比海課堂上
到處提供我們靈氣保護
天空和海浪的靛藍美景
海湧渲染性光輝
牽連法語富有魅力的神祕。

海每一句話都在沖走生命
哥倫布探險傳達給
扮成黑臉的吟遊詩人或是
被粉飾的語義陷阱：印第安人，
白人，黑人，混血，黃種人！

有一個大弧形震盪著
克里奧爾語❷和法語雙重弓弦
那海是用法語演講的仲裁者
像母親以快樂的手段
團結群島與陸地，
故鄉的芬芳和魅力；
那是海的母系基礎知識
置於你穿涼鞋的詩人腳下
是其鹽和自由的活躍勁力。

❶賈克梅爾（Jacmel）是海地南方小鎮，
詩人出生地，2010年受地震重創。
❷克里奧爾語（Creole）指由法語、英
語、葡萄牙語混合非洲語產生的簡化生
活語言，通用於加勒比海諸國。

海地漂流
Hàïti a la derive

這是我的國家遍佈尖刺和鐵釘
鐵絲網鋪天蓋地，黑色世界
充滿海地人憤怒和苦笑聲。
海地沒有星期天，繩子末端
待馴服的悲淒野獸，熟睡火山
毫無徵兆預警突然從灰燼中暴怒。

牙買加 Jamaica

詹姆斯・貝理
James Berry

　　詹姆斯・貝理（James Berry, 1924~）年輕即到美
國工作，1948年轉往英國定居。1981年於全英詩競賽
中獲獎，脫穎而出，在英國詩壇崛起。他的詩作涵括
兒童詩，廣受讚譽，其特徵為善用西印度住民方言和
標準英語，雜揉並蓄，形成兩種文化的界面。2004年
被大英圖書館選拔為對當代英國文學最有貢獻的50位
黑族和亞洲作家之一，2011年出版詩選《身在其中》
（A Story I Am In: Selected Poems）為其五部詩集的
總成。

早年只想這麼多
Early days thinking is only so much

我沒想到過我不應該挨餓
我沒想到過政府
我沒責怪父親理家方式
一切就是那麼回事

我沒想到過滿腹
無所謂就是無所謂
我沒想到我不爭取無所謂
只要有了食物
一切都有了
我就知道這麼多

我知道我們應該
向圓滾滾的人鞠躬
向有教養的人鞠躬
向最白的臉鞠躬
要不要吃學校早餐

就是該有那麼回事
要這麼做才對

我們每天的公事都不是公事
我們工作說笑玩遊戲
經常盡情開懷大笑

無論豐年或歉收
無論水災或乾旱
一切就是那麼回事

我沒想到過什麼事
是錯什麼事是對
教育和專門技術該是
像魔法那麼神祕

那就是那麼回事
什麼事對應該就是對的

村民獨立
Villager's Independence

每次吃飯時間就是吃飯時間。
每位孩子就要有衣穿。
每位孩子就要每天去上學。
與其颱風驟然拔地而起
不如颱風逐漸累積砌起。
每棟房屋都挺得住微風吹拂。

我們要有牽引機耕耘農地。
女人頭頂著重荷辛勞
要始終由四輪來分擔。
雨季雨水不滅村。新建
水庫儲存降雨備用於乾旱。
我們要建立真正的市場。

步道拓寬延伸出去
交叉路接著又是交叉路。
大牧場會變成新住宅部落。
飛機就要降落到原始林

開墾地。周遊世界輪船就要
停泊在我們長灣灘外面。

水力發電就要來我們家裡
同住——很適配的寂靜夥伴
始終要以電燈存在這裡。
當英國女王駕臨時
我們給她房子讓她住
就在我們這個社區。

如今鼓聲響起響徧全島
打鼓驅趕鬼魂離開每個人
還有每件事。別再回來。
在這裡。甚至別走開。
我聽到說好好。一切新的
新的心聲充滿我的頭腦。

在神前還有在人前
變化來啦。
來啦。
準備，準備，在我們生活中！
在神前還有在人前
獨立來啦！

夸梅・道威斯
Kwame Dawes

　　夸梅・道威斯（Kwame Dawes, 1962~）出生於迦納，在牙買加長大。已出版12本詩集，最近出版《惡鬼征服者：新詩選》（Duppy Conqueror: New and Selected Poems, 2013），又是小說家、評論家、劇作家、演員、歌唱家，真是多才多藝。他獲獎無數，包含前鋒（Forward）詩獎、薩默斯（Hollis Summers）詩獎、布什卡特（Pushcart）獎、休斯頓／賴特遺愛獎（Hurston/Wright Legacy Award）、艾美獎（Emmy）以及古根漢基金會獎助金。現為美國內布拉斯加大學榮譽教授，並執教於太平洋大學文學碩士寫作班。

小河
Creek

黎明前我拖著獨木舟滑下
崎嶇不平的斜坡──空氣悶
熱；營營蒼蠅已經
繞著光禿的柏樹飛舞。
小河幽暗、潺潺、竊竊私語
於倒木阻礙水流的地方。
在這舒暢的早晨，世界
屬於開闊天空。甚至連老
人家，還在星期五夜晚獻酒
宿醉中，尚未起身。這是
女孩可以找到自己的地方，
找到她內心的祕密，甚至
找到她埋藏已久的記憶，
喜怒哀樂，微微雜揉
興奮與懼怕。獨木舟向外
滑出；我悄悄涉入水中，
熟練抽出槳板，沒有濺水，
就輕鬆讓舢舨沿小河

滑行。我自適自如仰臥
觀望正在揭開的天空;
深深記下這全然的靜寂,
遁世隱居守著孤獨
卻聽到小孩在大聲呼救
當河流到了轉彎處。

如果你瞭解她
If You Know Her

如果你瞭解你的女人，瞭解她的律動，
瞭解她的作為；如果你細心注意
她這麼多年，你當能瞭解
她如何來來往往，她如何溜走
雖然她還是立定在同樣
位置，你當能瞭解她的世界
正默默流浪離開你身邊，她可能
不是有意如此，因為總之
她怕什麼事都要她做，怕
你無時無刻都要找她，
怕有一天她畢竟會自問
四十多年來，她到底算什麼；
如果你瞭解你的女人，
你當瞭解多半她還是會
回來，但有時候，當她像
這樣流浪，有些事會逼她
溜走；那要回來就難囉！
如果你瞭解你的女人，

你可以順便告訴她緊緊跟著
為了你，她不會大搖大擺走路
因為那無關你的事——
她怎麼會買一些皮靴
而一句話都不提起，
有一天晚上她走路時
你才看到，而她卻說她早
就有啦；你會看到路上
她體重減輕了，假裝
無所謂，等到她沒看到你
注意，你看到怎麼她在照鏡子
挺胸緊盯住側面影像，
怎麼她在無意中瞄一眼
屁股，生命的姿勢。如果
你瞭解你的女人，你不在時
她會找事情做，例如獨自
去散步，去看電影，到公園
收集她的祕密，你不懂

因為她正在尋找她自己。
她不會告訴你她想聽
懶人在說什麼當她走在他們
身邊；因為你說什麼都
不足為憑。如果你瞭解你的
女人，你就會瞭解當她離開時
你會感到你的愛情缺了
一個大洞，而你說不清楚
為什麼她聆聽和哼唱的
歌調你竟不知道她以前聽過，
她會為莫名其妙的事
低聲偷笑。如果你瞭解你的
女人，你當能知道她如何來來
往往，而你所能做的只有等
並且禱告她會回到你身邊，
因為你知道你的罪過
已足夠讓她一去不回頭。

羅娜 · 古迪松
Lorna Goodison

　　羅娜·古迪松（Lorna Goodison, 1947~），十幾
歲開始寫詩，中學畢業後，前往紐約就學於藝術學生
聯盟，回國後從事廣告和公關工作，後來決定專心寫
作。上世紀90年代起執教於加拿大多倫多大學和美國
密歇根大學，為聯合國文教組織牙買加國家委員會委
員。從《羅望子季節》（Tamarind Season, 1980）到
《奧卡貝莎》（Oracabessa, 2013），已出版12本詩
集。1999年獲牙買加學院馬斯格雷夫（Musgrave）
金牌獎章，2013年獲牙買加國家文學傑出勳章。從小
有志於繪畫，開過國際畫展，其詩集多以自己畫作為
封面。

分成種種黑色
To Make Various Sorts of Black

根據《工藝家手冊》第37章
琴尼諾·安德里亞·琴尼尼著❶

他告訴我們黑色有好多種。
首先，有一種黑色衍生自軟黑石❷。
是胖顏色；內心不硬，石頭油滑。

另一種黑色是得自葡萄枝。
選擇堅守住真正藤蔓的樹枝
奉獻自身終歸要被焚燒，

然後驟冷，經加工，又活生生成為
葡萄枝黑色；不胖，更偏向瘦，
顏色，葡萄樹修剪工和藝術家同樣喜愛。

還有從燒烤過的貝殼刮下的黑色。
　　　　　大西洋墓園碑林。

焦土的黑色，桃核燒過的黑色；
　　盤曲怪樹長奇果。

又有一種黑色是滿油燈的光源
正如任何思慮周到的客人在
等候新娘新郎時會攜帶的那種燈。

你點亮的燈放在下面，不是斗底下
而是每天清洗乾淨烘烤用的碗。
如今把燈一點點火焰帶到陶碗底面

（估計有二、三指的距離）
從小小火焰發射冒出的煙霧
會掙扎而出衝擊到陶土。

衝擊至擁擠堆積亂成一團；
那就等，請等一下，你且慢把這
顏色，變成烏黑細緻媒灰掃到任何

廢紙上，顯現出陰影、輪廓和背景。

且看：根本不需加工或研磨；

這樣就很完美。燈再加油，琴尼尼說的。

每當火焰燃燒漸弱，再加油吧！

❶琴尼諾·安德里亞·琴尼尼（Cennino d'Andrea Cennini, c.1370~c.1440），義大利畫家，《工藝家手冊》（Il Libro dell' Arte）為其著作。

❷黑石是鑲於伊斯蘭教聖城麥加禁寺內天房東南角的黑色石頭，據稱黑石的顏色呈現極深的棕紅色，接近黑色。

在我原籍地
Where I Come From

在我原籍地，
老婦人把活生生的話
結在平胸前，
刻在額頭，
還有掌心裡。
如果你沒有眼睛
看到第三世界女性
不過如此。

在她們服裝底下
白棉布腰帶上，
抄寫的古文
浸透入束腰內；
她們想罵你時
發炎的手指以點字法
閱讀巫語
打從腰部底處。

馬拉祁・史密斯
Malachi Smith

　　馬拉祁・史密斯（Malachi Smith），八歲開始寫詩，1979年灌第一張唱片，邁阿密大學密契納加勒比海作家學院研究員，《統合詩人》（Poets In Unity）創辦人之一。身為詩人，在表演事業上表現傑出。出席2012年哥倫比亞麥德林、2014年尼加拉瓜格瑞納達和2015年台南福爾摩莎國際詩歌節，2014年發行光碟《叫嘯》（Scream）。

給我的最後舞蹈
The Last Dance for Me

……紅衣女郎正與我共舞

臉貼臉

沒有他人，只有妳和我

我這邊難料這位美女

我永遠忘不了妳今晚的模樣。

——Chris De Burgh

（〈紅衣女郎〉暢銷歌手）

綠衣女郎

妳今晚紅透了

成千閃爍燈光

妳撥弄我像一枚硬幣

兩面都緊抱在妳懷裡

我跟隨妳每個步伐

妳的玲瓏曲線

顯露爵士樂點滴到薩爾薩舞曲

我今晚必需要有甜糖
我必須不再隱藏
我移步到舞台中央
妳感覺到我
帶笑更加逼近
快樂的舞步加上談笑
心振動伸出親切的手
保持平衡

敵人被打敗了
走向門去
我大叫再來一罐東雅啤酒
她壓得更緊
為了更加確信

兩路在台南會合
The Two Roads that met in Tainan

一條舊高速公路與
一條台南市新大道交會

高速公路握著大道的手
黃昏時從海景大樓導航島嶼
高速公路握著大道的手

從海景大樓導航島嶼時
裸奔的金色陽光照亮前程
有如輕輕拍手的波浪

鼓舞他們遊樂
她要他迴轉她的身體
用他的指尖渲染旋律

他們彼此傳唱直到日升
道路就在日月潭分手
新加坡大道繼續往東

牙買加大道向西啟程
滿載禮物與珍品
新加坡牙買加匯成新河流

台灣
Taiwan

從我見到妳那一刻
就愛上妳

妳很熱
就像島上男人愛女人那樣
女人的曲線讓你感受到
震盪冷海微風拂過你的臉
當你想家的時候

昨夜和妳擁舞
不讓妳離開
我不讓妳離開
我要永遠帶著妳
無論我到哪裡

好伙伴
Good Company

我在那裡時夜晚了
妳擁有太陽
我不理會詩人們朗誦
眼睛只顧為台南夕陽寫十四行詩

給艾蜜莉的禮物
A Gift for Emily

印度主人拉著小艾蜜莉的手
給她一個禮物

他告訴她，妳順
高速公路走，會有丘陵、
山谷、斷崖、直路
和彎道

眼睛四下觀看
別抄近路
途中多有嶮巇
別忽視

柚子
Pomelo

我以前沒見過妳
不確定是否喜歡妳的形狀
妳會跳舞嗎?

如果我嚐妳
會滿足我的味蕾嗎?

我聽說妳富有
我貧窮

如果我娶妳
妳會在外國土地
結生果實嗎?

台南芒果
Tainan Mango

我在台南看到一棵芒果樹
沒有果實

我告訴過妳我就要來啦
為什麼沒有為我準備？

我有計畫要抱住妳
脫下妳的裙子
慶賀

讓妳流淌過我的手
我的臉、我的舌
我喜愛的顏色是蔗糖

旅人
Traveler

無論你走到哪裡
必然留下足跡
即使沒被洗掉
但始終會在心頭徘徊

別走在柏油路
或燦亮的星星上
水泥鞏固祖產
植樹永不休

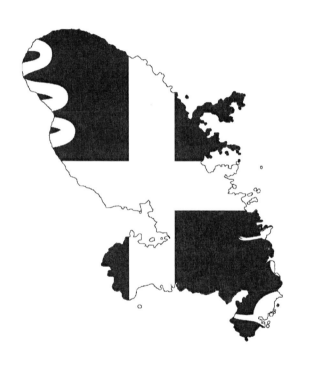

馬提尼克 Martinique

艾梅·塞澤爾
Aimé Césaire

　　艾梅·塞澤爾（Aimé Fernand David Césaire, 1913~2008）是法語文學中黑人意識運動的開路先鋒之一。留學巴黎時，與塞內加爾詩人沈果爾（Léopold Sédar Senghor）及蓋亞納詩人達瑪斯（Léon Damas），共同創辦《黑色學生》（L'Étudiant Noir）文學評論雜誌，參與超現實主義運動，四年後回國。1947年出版兼揉詩與散文的《回到本土筆記》（Cahier d'un retour au pays natal），法國超現實主義鼻祖布勒東為之作序。後來從政，1958年組織馬提尼克進步黨。1969年出版《暴風雨》（Une Tempête），改編自莎士比亞同名戲劇，為黑人演出。1983年起擔任馬提尼克區議會議長五年，2001年退出政壇。2008年4月17日因心臟病發過世，舉行國葬，法國總統薩科齊（Nicolas Sarkozy）前往追悼。

太陽利刃戳進驚慌城市背後
The Sun's Knife-Stab in The Back of The Surprised Cities

而我看到第一隻動物
有鱷魚身馬腿狗頭但當我更近細看在淋巴腺腫處
因多次暴風雨長期莫名其妙受災在身上留下疤痕
我跟你講過那是無毛狗頭有人看到在眾人還不敢
重建而死靈魂在追逐永恆的城市內火山周圍尋獵
而我看到第二隻動物
躺在龍樹下從麝香鹿嘴巴兩側長出兩支發生髓炎
的吻突像嘴鬚
我看到第三隻動物以前是蚯蚓但奇怪的是瘦長的
胸部會動在地面伸展不斷消失又長出從未見過的
新環節強勁到足以支撐且把生命在其間快速推來
推去像猥褻密語

因此我的話在一叢深邃天鵝絨睫毛中展開而母驢
在那上面哺乳疾速墜落的群星

散開的雜色隊伍以被夜行女巨人的情緒降服了
啊建造在岩石上的房屋床上的女人冰塊浩劫喪失
像草堆內的一根針
條紋瑪瑙和破裂印章的雨水落在山丘上其名從未
被任何宗教任何神職人員提到過而且那效應只能
比擬星星掃過行星尾巴
左邊拋棄群星去安排其數字的魔法圖形雲找不到
海收帆下錨黑心踡縮在暴風雨中心
我們明天建造已然身懷太陽很猛的利刃戳進驚慌
城市背後

龍捲風
The Tornado

這時候
全神貫注龍捲風的參議員
以肥胖臀部坐在席位上
大腿以不正經的姿勢交叉
像切片香腸
龍捲風正在空中掃過堪薩斯市
這時候
部長在警長妻子藍色眼裡插播龍捲風
在外面向人人顯示巨大的臉
發出惡臭就像萬眾黑人擠進火車廂
這時龍捲風狂笑鑽進妓女陰道
那美白事務員的手對事事都表演精采的祝福覆手禮
這時引起上帝注意
他已經喝一百杯劊子手的血太多啦
城市是全速奔馳跌倒的馬匹
皮膚上散布的
黑白屍斑之同胞關係
這時讓龍捲風寫偵探小說龍捲風

戴著那

牛仔帽綁緊以上帝對小雞說話常用的空洞大聲

高喊「舉手」──萬物戰慄而龍捲風

扭曲鋼鐵而群鳥從天空霹靂掉下

而龍捲風已重創記憶的省份甚多處置過的牡蠣殘骸

來自儲滿審判的天廷萬物第二次震顫

扭曲過的鋼鐵

再度被扭曲

而像青蛙跳吞噬掉一群屋頂和煙囪的龍捲風

颯颯吐出先知從來不知如何預言的思想

波多黎各 Puerto Rico

路易斯・帕萊斯・馬托斯
Luis Palés Matos

　　路易斯・帕萊斯・馬托斯（Luis Palés Matos,
1898~1959）出生於瓜亞瑪〈Guayama〉小村莊，書
香門第，雙親和兄弟姊妹全家都是詩人，17歲出版首
部詩集《滿山紅》（Azaleas），這時已進入職場自食
其力，擔任過祕書、會計、記者、公務員、教師等工
作。1926年發表〈黑人村〉（Pueblo negro），開創
拉丁美洲文學的新領域，被視為非裔安地列斯詩的先
聲。1937年出版《鬈髮黑族的鼓聲》（Tuntún de Pasa
y Griferia），獲波多黎各文學院獎，因此與古巴詩人
紀廉（Nicolás Guillén）並稱為黑人意識（Negrismo）
文學運動的開創者，卻因本身是白人，被黑族團體
詆毀為浪得虛名。1957年出版《詩全集》（Poesía,
1915~1956）。

井
El pozo

我的心靈像死井，深水
在往日莊嚴沉靜的安詳中
把世俗潺潺的怨聲淹沒
於荒蕪空虛懷抱的寂靜裡。

水底下顯現苦悶的亮光；
柔和的虹影在暗中醞釀，
水神凝固在長長的黑黏土內
散發出蒼白慘青的燐光。

我的心靈像井。暗中形成
沉睡的風景，在底淵，
或許已經過千年，正夢見
隱藏著憤世嫉俗的青蛙。

月光有時在遠方匯集，
井展示模糊不清的傳說；
青蛙在水中深沉嘓嘓回聲
充滿微弱的永恆感覺。

人民
Pueblo

慈悲的主啊，請悲憫我可憐的人民
我可憐的人民死得一文不值！
公證人老頭終日只是耗在關心
那微小且行動遲緩的告密者；
這位大肥胖市長真空的肚子
一生過得活像調味料；
十世紀前緩慢的公平交易；
這些山羊快把廣場吵翻了；
一位乞丐，一匹馬，脫毛
又老又瘦，跨過大街；
寒冷且無趣麻痺的星期天
在賭場打撞球和玩牌；
沉悶單調生活中的群眾
在這舊鎮裡無所事事，
都在此死去、潦倒、頹敗，
有力者才舒服輕鬆自在。

慈悲的主啊，請悲憫我可憐的人民！
對這些樸素的心靈，放縱無賴
應付他們生活上鄙棄的死水
以非凡的才華贖回石頭……
有竊賊在夜裡偷襲銀行，
有情聖唐璜強暴貞潔淑女，
有賭徒公然踏進村莊
攪亂了這些清高溫良的人民。

慈悲的主啊，請悲憫我可憐的人民
我可憐的人民死得一文不值！

盧慈 · 瑪麗雅 · 羅培姿
Luz María López

　　盧慈·瑪麗雅·羅培姿（Luz María López）出生
於波多黎各的詩人、小說家、編輯、翻譯家、國際文
化推動者、維權人士。已出版多種詩集、短篇小說和
散文集，主編四冊國際詩選。詩被譯成13種語言，發
表在美洲、亞洲和歐洲著名文學雜誌，獲選入四冊不
同國家多語國際詩選。翻譯過國際60多位詩人作品。
參加過波多黎各、哥倫比亞、加納、印度、西班牙、
孟加拉、美國、墨西哥和突尼斯舉辦的國際詩歌節。
榮獲2016年印度烏代布爾第11屆國際作家節第11屆洲
際文學大會文學榮譽獎（Shaan-E-Adab），加納國際
詩歌節環球勵志詩人，奈及利亞世界和平組織機構世
界和平標章，2017年孟加拉達卡國際詩歌峰會卡塔克
（Kathak）文學獎。

芒果吻！
Mango Kiss!

欣喜芒果樹
在河岸
已結果實！
一群蜂鳥
急忙把鳥喙
深深插入珍饈
盛饌果肉內
飛來飛去
一個又一個
貪心甜蜜樂趣
縱然如此還是留下
洞孔給蜜蜂
同享陶醉
逡巡的馬抬頭
正好從樹枝
摘下芒果咀嚼
不在乎注視的眼睛
大顆馬齒

染成黃金色調
從一棵樹上抓到如許多願望！
兩位戀人找到無人角落，
依偎樹幹上
在無數葉蔭下
剝開甜滋滋
果皮
他們再一次親吻時
就有了香香
芒果味！

玉蘭
Magnolia

深深扎根於
大地之母的心靈內
甜甜蜜蜜成為
永恆的空思夢想
回應熱烈呼喚
盛開的玉蘭花
瓣瓣紫色和粉紅色調
激動覆蓋土壤
清醒的夢幻魅力
新曲衝擊期待中的
土壤之心
折騰一切感覺
使情人們在樹蔭下
演出天生熱情
親嘴唇
把所有幻覺
轉化成無常的
詩！

萬物
Creation

一切夢想回歸

到大地之母

呼喚群鳥返回

神聖鳥巢

讓朝空中綻放的

每一朵花出現魔力

讓生命在早晨

旭出時歌唱

親吻茁長生計的土壤

在海洋上自我鑑照

讓動物在這土地安居

在心靈和諧中

免受到我們的箭簇傷害

因為我們與萬物一體

智慧和榮耀的後裔

所有永恆的奧祕

而愛

極力運轉

誕生
內在美！

聖盧西亞 Saint Lucia

德拉・沃科特
Derek Walcott

　　德拉・沃科特（Derek Walcott, 1930~2017）出生
於西印度群島的聖盧西亞島國，就學於牙買加的西印
度大學，18歲自費出版第一本詩集，50年代初遷往千
里達，擔任教職，活躍於劇場，1962年出版詩集《在
綠夜裡》（In a Green Night）受到國際矚目。1992年
榮獲諾貝爾文學獎，2005年應邀來台出席高雄世界詩
歌節，我到小港機場接機、獻花，以表歡迎，在台南
國立台灣文學館舉辦的「詩、語言和認同」座談會上
同台引言。

哭聲遠從非洲來
A Far Cry From Africa

風吹亂非洲基庫尤人❶
黃褐色皮裘，急如蒼蠅，
爭食草原上的血流。
屍體散布在樂園各地。
只有蛆蟲，那位腐屍上校在喊：
「別浪費對個別死人憐憫！」
統計證明，學者也掌握
殖民政策的凸顯性。這對
被砍殺在床上的白人小孩有什麼意義？
對野蠻人而言，是該消滅的猶太人嗎？

被棍棒毆打，長長的燈心草折斷
在朱鷺的白色屍堆裡，朱鷺的啼聲
從乾涸的河流和野獸群聚的平原
自展露文明起就迴盪不已。
野獸對野獸殘暴被解讀
符合自然律，但直立的人
卻藉從事暴行追求神性。

狂亂如像受驚害怕的野獸，
人的戰爭隨繃緊的皮鼓起舞，
還把死者簽訂白色和平造成
當地恐懼稱為英勇。

野蠻的必然性再一次用
汙穢訴訟的餐巾擦手，再度
浪費我們的憐憫，一如對西班牙人，
大猩猩與超人在打鬥。
我傳染雙方血液的毒性
該在何處血管改道分流？
我詛咒過不列顛統治下的
酒鬼軍官，如何在
非洲與我所愛的英語間選擇？
背叛二者，或者把惠賜奉還？
我怎能冷靜面對屠殺？
我怎能無視非洲活下去？

❶基庫尤人（Kikuyu）是肯亞最大族群，
佔肯亞總人口兩成，從事農業為主，兼
畜牧副業。此詩寫於1962年，當時肯亞
為擺脫英國1890年以來的殖民統治，發
生起義抗暴，主力為基庫尤人，翌年肯
亞獲得獨立。

歐洲森林
Forest of Europe

——致約瑟夫·布羅茨基❶

　　最後的落葉像鋼琴飛揚的音符
　　在耳中留下橢圓形回音；
　　難聽的音樂響起，冬天的森林
　　看來像空無的劇場樂團席位，
　　在白雪紛飛的手稿上劃出詩行。

　　橡樹鑲飾的銅桂冠閃閃發光
　　縱使你頭頂的棕磚色玻璃
　　亮如威士忌，而你在朗讀的
　　曼傑利斯塔姆詩行中的寒意，
　　總是明顯如菸煙裊裊上升。

　　「檸檬涅瓦河流響盧布紙鈔聲。」❷
　　用你流亡的話說，被踐踏屈身
　　哽咽音枯葉般霹靂啪啦響著，
　　來自曼傑利斯塔姆的片語發光
　　迴旋在暗室，在荒蕪的奧克拉荷馬。

那是冰天雪地的古拉格群島，
辛酸淚漫漫長途跋涉中❸
含鹽分的礦泉水流過這些平原
嚴苛又開闊如像獄卒的臉
被日曬龜裂且殘留未刮的雪鬚。

從作家會議的耳語中成長
雪像哥薩克人圍繞累死的喬克托人❹
遺體迴旋，直到條約和白皮書
造成一場大風雪使我們
看不到一個人倖能通過訴訟。

這些樹枝每到春天就撐起架勢
像圖書館裝滿新出版的書葉，
等到廢物回收──紙張變雪──
但在零受難時，心神持久穩定
就如這棵橡樹仍有一些晶亮樹葉。

火車穿過森林受扭曲的肖像時，
浮冰有如貨車調度場匡朗匡朗響，
他把冰凍淚水的渦紋，車站叫嘯的
蒸汽，都引入寒冬獨一的噓氣裡
把凍僵的子音轉化成石頭。

他在廢棄的車站內看到詩篇
在浩瀚如亞洲的天穹下，橫跨地區
可把奧克拉荷馬像葡萄一口吞嚥，
不是這些樹蔭下的大草原叫停，
而是那空間荒涼到可冒充目的地。

在歐洲胸牆上的黑小孩是誰？
觀望夜晚的河流鑄幣局，以權力，
而不是詩人身分，為其金幣驗印，
聽到泰晤士河和涅瓦河流響紙鈔聲
看見黑暗罩住黃金，哈德遜河的剪影？

從冰凍的涅瓦河到哈德遜河，
在機場拱頂下，回音的車站，
由流放移民創立的附屬國
建造成不分階級就像普遍寒冷，
傾注出你當今所用語言的公民，

每年二月，每年「最後的秋天」，
你寫作時，遠離抓住小麥
形同女孩在編髮辮的打穀機，
遠離中暑發抖的俄羅斯運河，
單獨和英國人共處一室。

我南方吸引觀光客的群島
也是牢獄，真是腐敗，雖然
沒有比寫詩更苦難的牢獄，
所謂詩，如果正如其名，
不過是人賴以餬口的片語？

餬口度日過了好幾個世紀，
制度腐敗，麵包依舊在，
在他鐵絲網樹枝的森林中，
囚犯繞圈打轉，嚼著一句片語，
其樂聲比樹葉還要持久，

其凝練是天使額頭上的
大理石汗珠，永遠不會乾
直到北極光關閉洛杉磯❺到
大天使的慢拍攝影迷孔雀燈，
回憶就不需要重提啦。

受驚又挨餓，抱著宗教狂熱
曼傑利斯塔姆震顫，各項
隱喻使他悚然畏懼發抖，
每一個母音都重於界石
「檸檬涅瓦河流響盧布紙鈔聲」，

如今狂熱是一場火，熱溫暖我們雙手，

約瑟夫呀，當我們像靈長類嘀咕

在棕色小屋的寒冬洞穴內

交換著哽咽音，屋外飄雪中

乳齒象正強迫其體制通過雪地❻。

❶約瑟夫‧布羅茨基（Joseph Brodsky, 1940~1996），俄羅斯詩人，1987年諾貝爾文學獎得主。

❷出自曼傑利斯塔姆的詩〈我曾經幼稚地與這個強權世界保持聯繫〉，參見汪劍釗譯《曼杰什坦姆詩全集》第136頁，北京東方出版社，2008年。

❸按照1830年印地安人遷徙法令，美國各族原住民從東南方被驅逐流放到密西西比河以西，在現奧克拉荷馬州建立附屬國的辛酸路程（Trail of Tears），途中備受凌虐和疾病之苦，傷亡慘重。

❹喬克托人（Choctaw）是被遷徙的美國原住民之一部落。

❺洛杉磯（Los Angeles）也隱含天使的語意連接。

❻此詩以布羅茨基被流放到北方嚴寒極
　地，與美國印地安人被集體驅逐到荒蕪
　地方的遭遇，加以交聯互喻。

語言文學類　PG1985　名流詩叢28

加勒比海詩選
Anthology of Caribbean Poetry

編　　譯 / 李魁賢（Lee Kuei-shien）
責任編輯 / 林昕平
圖文排版 / 周妤靜
封面設計 / 蔡瑋筠

發 行 人 / 宋政坤
法律顧問 / 毛國樑　律師
出版發行 / 秀威資訊科技股份有限公司
　　　　　114台北市內湖區瑞光路76巷65號1樓
　　　　　電話：+886-2-2796-3638　傳真：+886-2-2796-1377
　　　　　http://www.showwe.com.tw
劃撥帳號 / 19563868　戶名：秀威資訊科技股份有限公司
　　　　　讀者服務信箱：service@showwe.com.tw
展售門市 / 國家書店（松江門市）
　　　　　104台北市中山區松江路209號1樓
　　　　　電話：+886-2-2518-0207　傳真：+886-2-2518-0778
網路訂購 / 秀威網路書店：https://store.showwe.tw
　　　　　國家網路書店：https://www.govbooks.com.tw

2018年4月　BOD一版
定價：250元
版權所有　翻印必究
本書如有缺頁、破損或裝訂錯誤，請寄回更換

國家圖書館出版品預行編目

加勒比海詩選 / 李魁賢 (Lee Kuei-shien) 編譯. --
一版. -- 臺北市：秀威資訊科技, 2018.04
　面；　公分. -- (語言文學類)(名流詩叢；28)
BOD版
譯自：Anthology of Caribbean poetry
ISBN 978-986-326-546-7(平裝)

813.1　　　　　　　　　　　　　107004610

讀者回函卡

感謝您購買本書，為提升服務品質，請填妥以下資料，將讀者回函卡直接寄回或傳真本公司，收到您的寶貴意見後，我們會收藏記錄及檢討，謝謝！
如您需要了解本公司最新出版書目、購書優惠或企劃活動，歡迎您上網查詢或下載相關資料：http:// www.showwe.com.tw

您購買的書名：_____

出生日期：_____年_____月_____日

學歷：□高中 (含) 以下　　□大專　　□研究所 (含) 以上

職業：□製造業　□金融業　□資訊業　□軍警　□傳播業　□自由業
　　　□服務業　□公務員　□教職　　□學生　□家管　　□其它_____

購書地點：□網路書店　□實體書店　□書展　□郵購　□贈閱　□其他

您從何得知本書的消息？

　□網路書店　□實體書店　□網路搜尋　□電子報　□書訊　□雜誌
　□傳播媒體　□親友推薦　□網站推薦　□部落格　□其他_____

您對本書的評價：(請填代號　1.非常滿意　2.滿意　3.尚可　4.再改進)

　封面設計____　版面編排____　內容____　文／譯筆____　價格____

讀完書後您覺得：

　□很有收穫　□有收穫　□收穫不多　□沒收穫

對我們的建議：_____

_____

_____

11466
台北市內湖區瑞光路 76 巷 65 號 1 樓

秀威資訊科技股份有限公司　　　收

BOD 數位出版事業部

．．．

（請沿線對折寄回，謝謝！）

姓　　名：＿＿＿＿＿＿＿＿＿　年齡：＿＿＿＿　性別：□女　□男

郵遞區號：□□□□□

地　　址：＿＿＿＿＿＿＿＿＿＿＿＿＿＿＿＿＿＿＿＿＿＿＿＿

聯絡電話：(日)＿＿＿＿＿＿＿＿＿＿　(夜)＿＿＿＿＿＿＿＿＿＿

E-mail：＿＿＿＿＿＿＿＿＿＿＿＿＿＿＿＿＿＿＿＿＿＿＿＿

圖家圖書館出版品預行編目(CIP)資料

讓對心的孩子們的12堂優x繪畫課實現目 / 趙心如編撰. -- 初版.
-- 新北市：鳥貝, 2019.04
面; 公分. -- (繪畫水界閒：10)
ISBN 978-986-97438-1-5 (平裝)

1. 古籍修補

292.22   108002032

繪畫水界閒 10

讓對心的孩子們的12堂優x繪畫課實現目

作 者 趙心如
美術編輯 林美芳
封面繪圖編輯 蕭少儒
校 對 陳國芬
封面題字 王心怡
出版發行 鳥貝出版有限公司
電 話 02-7731-5558
傳 真 02-2245-1479
E-mail ace.reading@gmail.com
部落格 http://acereading.pixnet.net/blog
總 代 理 旭昇圖書有限公司
電 話 02-2245-1480 （代表號）
傳 真 02-2245-1479
郵政劃撥 12935041 旭昇圖書有限公司
地 址 新北市中和區中山路二段352號2樓
E-mail s1686688@ms31.hinet.net
加盟店總經銷 http://ubooks.tw/
印 刷 通賢印刷有限公司
定 價 新台幣250元
出版日期 2019年04月 初版一刷
ISBN-13 978-986-97438-1-5